GILBERT DELAHAYE
MARCEL MARLIER

martine
il court, il court, le furet !

CASTERMAN

Les vacances sont finies. Cette année, Martine est allée à la montagne avec ses grands-parents. Maintenant, il faut rentrer.

Grand-père préfère rouler la nuit pour éviter les embouteillages.

Patapouf est resté à la maison. Il ne supporte plus les voyages…

Ça le rend malade…

Comme la route est longue !

Bercée par le mouvement de la voiture,

Martine s'endort…

Quand elle se réveille,

la journée est déjà bien avancée.

– On est arrivés ?… Quelle heure est-il ?

J'ai dû dormir longtemps !

Grand-père a déjà déchargé les bagages…

4

Grand-mère s'affaire dans la cuisine.

– Bonjour, Mamy ! J'ai une faim de loup !
Je peux t'aider ?
– Bonne idée ! Va dans le jardin me cueillir
une salade. Tu t'habilleras ensuite. Rapporte-moi
aussi quelques fleurs pour décorer la table.
C'est l'anniversaire de Papy aujourd'hui.

Martine adore le jardin de ses grands-parents.
L'été, il regorge de légumes, de fruits et de fleurs.
On y trouve aussi des plantes aromatiques
que grand-mère utilise pour parfumer les plats.
"C'est un vrai jardin de curé",
dit-elle souvent en riant.

– Mamy… Mamy !
– Qu'y a-t-il donc ?
– Le jardin est dévasté !
Toutes les fleurs sont
piétinées.

C'est grand-père qui va être en colère !
Tous les légumes sont grignotés.
Les choux, les salades ont l'air malades.
Quant aux carottes…
Mais qui a pu faire cela ? un maraudeur ?
un chat ? un chien ? les oiseaux ?
«À quoi sert d'avoir un épouvantail,
s'il ne fait peur à personne ?»
pense Martine.

– On n'aurait peut-être pas dû s'absenter
si longtemps, dit Mamy en posant
le couvert.

L'après-midi est chaude et calme.
Martine retrouve son petit coin de jungle tout au fond du jardin.

Elle se hisse dans son hamac
et feuillette le livre qu'elle a emporté.
Autour d'elle, on n'entend
pas une mouche voler. Seul un merle
siffle parfois dans le cerisier.

Martine a les yeux qui se ferment.
Elle abandonne son livre.

Soudain, elle sursaute ! Il fait presque nuit. Que se passe-t-il ? Elle croit
rêver. Quelque chose s'agite autour d'elle. On dirait une pelote de laine,
avec des oreilles. Mais non, c'est un lapin… puis deux, puis trois !
Un bataillon de lapins !

– Papy, viens vite ! Il y a
des lapins plein le verger !
– Des lapins ? Mais d'où
viennent-ils ? Le temps
d'allumer la lanterne, et tous
ont disparu.

– Saperlipopette ! Ils ont rongé le pied
des arbres que j'ai plantés cet hiver,
et mes reines-claudes sont fichues !
Maudites bestioles !

Martine est inquiète :
– Dis, grand-père, tu ne vas pas les
tuer ? Il faut les ramener au bois.
Mais comment les attraper ?

Grand-père réfléchit :

– Nicolas, le fils du fermier,

a bien un élevage de furets, mais…

– Des furets ?

– Oui. Ils délogent les lapins de leurs terriers.

Va le voir. Il pourra peut-être nous aider.

– Bonjour, Nicolas ! Le jardin de grand-père est envahi par les lapins.

Il paraît que tu as des furets qui peuvent nous tirer d'embarras.

Peux-tu nous en prêter un ?

– Mais oui, bien sûr ! Je te présente Finaud. N'aie pas peur.

Celui-ci est le plus gentil, il ne mord pas. Mais fais quand même attention.

Il a les dents pointues comme des aiguilles.

– Qu'est-ce que tu lui donnes à manger ?
– Il adore les œufs. C'est pour ça
que la poule s'en méfie. À part cela,
on le nourrit comme un chat.
– Comme il est drôle ! s'écrie Martine.
Tantôt on dirait une grosse souris,

tantôt un tout petit ours.

Attention !
Il se faufile partout.
Il aime jouer
à cache-cache.
Je vous l'amènerai
demain.

Le lendemain matin, Nicolas arrive avec son furet et des filets.

– Pourquoi tout cet attirail ? s'étonne Martine.

Nicolas lui explique alors comment les lapins creusent des galeries dans le sol, en laissant toujours une porte d'entrée et une porte de sortie. Il faut donc boucher tous les trous, sauf deux ou trois, où on pourra les capturer.

– Placez-vous à cet endroit
avec les filets ! dit Nicolas.
On introduit Finaud dans la galerie.
Quel remue-ménage là-dedans !
Attention ! Ils sortent !
En voici un qui s'est fait prendre.
– Tiens bon, Martine !
Le lapin se débat. Gare aux coups
de griffes !

11

Martine et grand-père savent
maintenant comment s'y prendre.
Mais une journée ne suffira pas.
– Je vous laisse Finaud,
dit Nicolas. Je viendrai le reprendre
quand vous aurez fini.

Deux jours plus tard, tout est
terminé. On enferme les derniers
lapins dans des cageots.

– Maintenant, nous allons les ramener dans le bois, dit Martine.
Ils y seront plus contents… et Papy aussi !

Martine et Finaud sont devenus
d'excellents amis.
«Surtout, ne le laisse pas s'échapper !»
avait recommandé Nicolas.
«D'accord. Je ferai attention.»

Tout en se promenant, Finaud découvre le trou par lequel tous les lapins
sont entrés dans le jardin.
– Il faudra dire à grand-père de bien le reboucher !

Finaud entraîne Martine en direction
du cellier.
Voyons… où conduit cet escalier ?

Autrefois, on entreposait le cidre dans ces grands tonneaux.
Maintenant ils sont vides, mais ils sentent toujours bon le jus de pomme.
Toc, toc, toc… Y a-t-il quelqu'un là-dedans ?
Il fait noir comme dans un four.

Soudain, quatre… cinq… six petites choses
grises bondissent hors du tonneau.
– Hiiiiiii… ! ! ! des souris !
Qui sait depuis quand elles habitent
cette barrique ! Bravo, Finaud,
tu les as débusquées !

– Qu'y a-t-il dans ce vieux poêle à bois ? (Martine retient son souffle.)
Que va-t-on encore trouver ?

Les secondes, les minutes s'écoulent.
Finaud ne réapparaît pas.
– Finaud ? Finaud ?
On n'entend rien. Martine s'inquiète :
– S'il est perdu,
Nicolas sera très mécontent.

Martine s'impatiente. Elle tambourine
sur la buse du poêle.
Poufff… ! voilà qu'elle a pris
toute la suie sur la figure !
– Finaud… mais que fais-tu ?

Il a dû grimper
par le conduit
de cheminée.

16

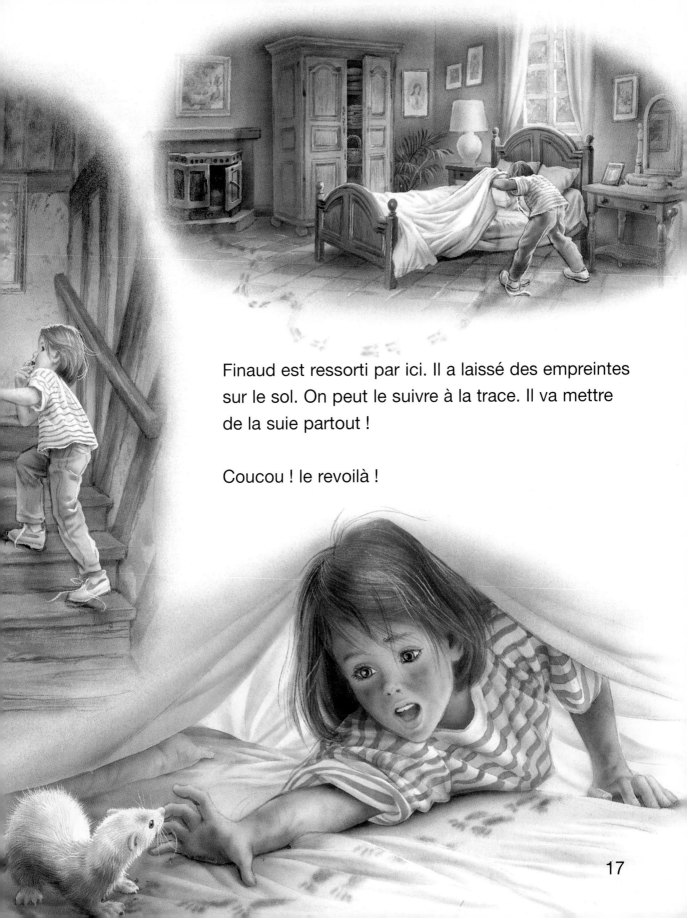

Finaud est ressorti par ici. Il a laissé des empreintes sur le sol. On peut le suivre à la trace. Il va mettre de la suie partout !

Coucou ! le revoilà !

17

Dehors, grand-mère termine la lessive.
Elle a l'air de bonne humeur.
– Eh bien, d'où sortez-vous
tous les deux ? Vous êtes noirs
comme des charbonniers !

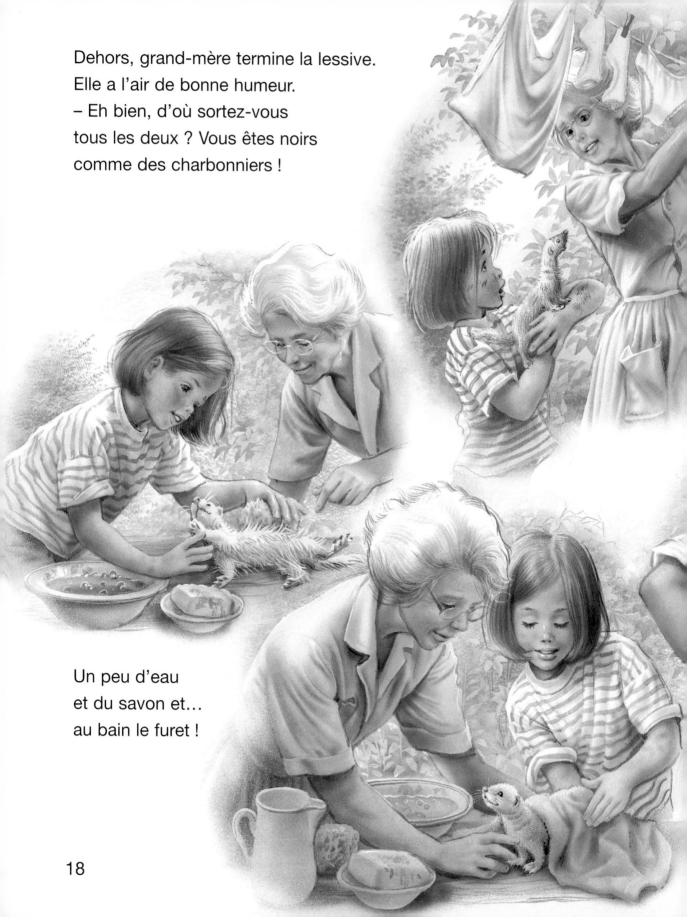

Un peu d'eau
et du savon et…
au bain le furet !

18

Martine espère s'en tirer en se débarbouillant seulement les mains et le visage. Mais grand-mère ne l'entend pas de cette oreille.

– Regarde-moi ces jambes ! et ces bras ! et ce cou ! Comment as-tu fait pour te salir de la sorte ? Dans le baquet, ma fille ! Tout de suite !

Drelin... Drelin...
Une bicyclette s'approche.
On entend grincer la grille du jardin.
C'est Nicolas qui vient rechercher Finaud...
– Vite, je me cache !

– Bonjour, Nicolas.

– Bonjour, madame. Avez-vous encore besoin
de Finaud ?

– Non, non. Tu peux le reprendre. Il n'y a plus un seul
lapin. Ni au jardin, ni dans le verger. Tu nous as rendu
un grand service. Papy est très content !

– Bonjour, Finaud. Mais il est propre comme un sou
neuf ! Martine n'est pas là ?

– Elle était ici il y a une minute, mon garçon.
Elle ne doit pas être bien loin… Elle ira te remercier
avec son grand-père.

20

Nicolas suit du regard
une guêpe qui bourdonne.
Elle va se poser juste
sur le nez de l'épouvantail.
– Génial, votre bonhomme
de paille ! dit-il. Il a vraiment
l'air naturel !

Au revoir, madame ! À bientôt.

– Viens, Martine, Nicolas est parti. On la prend cette douche ?
– Tu as vu comme il m'a dévisagée. Et cette guêpe
qui m'agaçait. Crois-tu que Nicolas m'ait reconnue ?
– Bien sûr que non !
Alors Mamy se met à rire ! Et Martine avec elle.

21

http/www.casterman.com
D'après les personnages créés par Gilbert Delahaye et Marcel Marlier / Léaucour Création.
Imprimé en Italie. Dépot légal : août 1995 ; D. 1995/0053/268.
Déposé au ministère de la Justice, Paris (loi n° 49.956 du 16 Juillet 1949 sur les publications destinées à la jeunesse).
ISBN 978-2-203-10145-6